ÉTUDE

SUR LE

CÉPHALÆMATOME

PAR

Lucio ZABALA Y HERMOSO

DOCTEUR EN MÉDECINE DE LA FACULTÉ DE PARIS

PARIS

ALPHONSE DERENNE

52, Boulevard Saint-Michel, 52

1883

ÉTUDE

SUR LE

CÉPHALÆMATOME

PAR

Lucio ZABALA Y HERMOSO

DOCTEUR EN MÉDECINE DE LA FACULTÉ DE PARIS

PARIS

ALPHONSE DERENNE

52, Boulevard Saint-Michel, 52

1883

A MON PRÉSIDENT DE THÈSE

M. LE PROFESSEUR DEPAUL

ÉTUDE SUR LE CÉPHALÆMATOME

DÉFINITION. — SYNONYMIE. — DIVISION

DÉFINITION

Le nom de céphalæmatome de κεφαλή, tête αἱματωμα, tumeur sanguine, sert à désigner un épanchement sanguin, siégeant entre le péricrâne et les os du crâne, et qui se manifeste à l'extérieur sous la forme d'une tumeur fluctuante.

Nous n'ajoutons pas qu'elle se produit dans les premiers jours qui suivent la naissance, parce qu'on peut, quoique rarement, la rencontrer à un âge plus avancé, et que le nom de céphalæmatome a été appliqué aussi à cette dernière forme.

SYNONYMIE

Baudelocque les désigna sous le nom de *tumeurs sanguines du crâne,* en comprenant celles qui se forment sous l'aponévrose. Paletta l'appelle *abcessus capitis sanguineus recens natorum Carus, echimosa capitis*. Plenk ajoute *cariosum*. Osiander préfère le nom *d'ecchimosis*. Dugés et Celis le nomment *thrombus neonatorum*.

Zeller le premier, lui applique le nom de céphalæmatome. Valleix en fait trois variétés, le céphalématome sous-aponévrotique, sous-pérécranien et sus-méningitique d'après leur siège. Seux, de Marseille, veut être plus précis, et nomme pericranéotome le céphalæmatome sous-péricrânien. Dans le même but un autre auteur a voulu l'appeler sous-pericranéotome.

L'usage ayant prévalu en faveur de la dénomination de Zeller, c'est celle que nous adopterons, en rejetant toutes les autres variétés qui n'ont servi qu'à établir une confusion inutile et à détourner de sa vraie signification celle que Zeller voulut réserver pour l'épanchement sous-péricrânien. C'est d'ailleurs ce qui a été fait depuis quelque temps par tous ceux qui s'en sont occupés.

DIVISION

Avant d'établir une division, qu'il nous soit permis de dire quelques mots sur la disposition des couches multiples qui composent la voûte du crâne, ce qui nous aidera beaucoup à comprendre la division des diverses tumeurs sanguines, qui occupent cette région.

On la divise en quatre espaces limités par cinq couches. Le premier rèmpli de tissu cellulo-graisseux, est situé entre la peau et l'aponévrose épicrânienne ; le second de tissu conjonctif lâche, entre l'aponévrose et le périoste ; le troisième est la couche sous-périostique ; le quatrième a pour limites l'os et la dure-mère.

Tous ces espaces peuvent être le siège d'épanchements sanguins, et de là, la division théorique, on ne plus juste des tumeurs sanguines en 1° sous-cutanées ; 2° sous-aponévrotiques ; 3° sous-périostiques ; 4° sous-osseuses.

Les tumeurs sous-périostiques peuvent communiquer avec les tissus veineux intra-crâniens ou être isolées.

Celles qui communiquent avec les sinus ou avec un autre épanchement sus-méningien, ne nous occuperont pas particulièrement. Nous dirons quelques mots dans la partie consacrée au diagnostic ; quant à celles qui occupent l'espace sus-méningien isolément, elles donnent lieu aux mêmes symptômes que les autres tumeurs siégeant dans les grandes cavités de l'arachnoïde, et doivent être étudiées avec celles-ci.

HISTORIQUE

S'il est hors doute qu'Aetius, Valentini, Preuss, A. Paré, Ledran, Mauriceau, Levret ont connu l'affection que nous allons décrire, rien n'est aussi vague que leurs observations, et Baudelocque est sans doute le premier qui ait indiqué son véritable siège.

La première description qui ait de l'importance appartient à Michaelis. Depuis lors, une foule de médecins s'en sont occupés.

En Italie, Moscatti, Palletta; en Allemagne d'abord Michaelis, puis Osiander, Hœre, Gœlis et surtout Nœgele qui contribua plus que personne à éclairer le diagnostic de cette maladie et à la distinguer de l'encéphalocèle, erreur commise, non-seulement par Ledran, cité partout, mais aussi par Trew, Detharding, Chemin et Corvinus, qui l'avaient décrite sous le nom de *hernia cerebri stricti sicdieta.* Zeller inspiré par lui publia une thèse très remarquable. Schmeisser soutint à Berlin une autre, d'où nous avons retiré des détails très utiles. Mais c'est à Burchard, accoucheur à Breslau, qu'on doit le travail le plus complet, plein de statistiques curieuses et d'aperçus intéressants.

En France, les premiers travaux appartiennent à Velpeau, qui parla très sommairement dans sa thèse, *des contusions dans tous les organes*, qui fut la cause d'un travail de Pigné. Dubois l'étudia avec beaucoup de soin, dans son article du Dictionnaire en XXX volumes et appela l'attention sur la structure des pariétaux, en même temps qu'il combattit plusieurs idées consignées dans le travail de Pigné relatives à sa pathogénie; mais c'est Valleix qui reprit le premier toute la question du céphalæmatome et qui dans sa *clinique des maladies des enfants nouveau-nés*, discuta très minutieusement tout ce qui s'y rapporte. Nous auronsoccasion de le citer souvent. N'oublions pas les observations de MM. Hersent et Depaul, ni le rapport de M. Basdinet et la discussion à laquelle il donna lieu. La fin de cette étape a été close par le mémoire si complet, que Seux de Marseille publia en 1863 accompagné de dix-neuf observations personnelles, où il émit des idées nouvelles surtout au point de vue du traitement.

Les travaux de Gerdy et surtout de Broca qui traita d'une façon si magistrale le mode de développement des pariétaux, la thèse de M. Augier sur les anomalies dans ce mode de formation, les statistiques qu'il a relevées ont rajeuni cette étude. Enfin le travail que M. Féré a publié dans la *Revue mensuelle de médecine et de chirurgie*, et les lésions si négligées, qu'il a constatées dans plusieurs pièces qu'il a examinées et si bien décrites, vient, si les observations ultérieures les confirment, placer la question sur un terrain nouveau et où pourraient tomber d'accord les partisans des théories qui jusqu'ici divisaient les auteurs.

Pour en finir avec cet historique, citons aussi la thèse de M. Grynfelt sur le traitement du céphalæmatome, inspirée par M. Dumas de Montpellier, et les articles des deux nouveaux dictionnaires tous deux fort complets et dus à MM. Tarnier et Bouchacourt.

FRÉQUENCE

Les auteurs qui ont fait des statistiques sont tous loin de lui accorder la même fréquence. Michaelis et Nœgele le disent très rare. Ce dernier n'a trouvé que 17 cas. Dubois n'en a rencontré que 6 à la Maternité, bien que le nombre des naissances s'élève de 2,500 à 3,000 par an ; il fait cependant remarquer que beaucoup d'enfants sont retirés le premier jour. Baron, 1 sur 500. Les relevés de Valleix lui donneraient raison, puisque cet auteur n'a trouvé que 5 cas sur près de 2,000 naissances. Pour M. Depaul, la fréquence serait de 1 pour 300. Pour Hœre de 1 pour 100 ; de 1 sur 190, pour Dœpp.

Burchard, à la maison Royale d'accouchements de Breslau a rencontré 13 cas sur 1,402 nouveau-nés, ce qui donne 1 pour 108.

Seux de Marseille, fait observer à ce sujet que pour obtenir une bonne moyenne, il faut faire une statistique sur des chiffres plus considérables.

Voici le relevé qu'il a fait pendant les années suivantes :

En 1850	sur	583	enfants	1	céphalæmatome
En 1851	»	658	»	0	»
En 1852	»	510	»	2	»
En 1853	»	465	»	3	»
En 1854	»	600	»	6	»
En 1855	»	472	»	0	»
A reporter		0.000		00	

Report . .		0.000		00	
En 1856	sur	519	enfants	4	céphalæmatome
En 1857	»	649	»	2	»
En 1858	»	595	»	0	»
En 1859	»	617	»	1	»
	Total	5.674		19	

Ce qui fait 1 sur 292 enfants.

Mais si au lieu de faire ce relevé total sur 10 années, il l'avait fait sur chaque année en particulier, il s'exposait à donner une fois 1 sur 1,241 et une autrefois 1 sur 100.

Guidé par ce principe, il étend la statistique à des chiffres plus considérables ; il réunit celles de Valleix, Burchard et la sienne, qui font ensemble un relevé total de 9,013 nouveau-nés. Dans ce nombre, on a observé 36 tumeurs, ce qui donne 1 sur 250 environ. Enfin A. Vogel, qui dit que la tumeur s'observe un ou deux fois sur 1000 nouveau-nés paraît s'écarter de nouveaux des chiffres donnés par Seux.

DESCRIPTION

Symptômes. — Le céphalæmatome sous-péricrânien est caractérisé par une tumeur, lisse, assez tendue, élastique, arrondie, fluctuante, indolore, irréductible, sans changement de couleur à la peau et conservant la température des parties voisines. L'époque de son début est assez précise, le premier, ou dans les trois ou quatre premiers jours qui suivent la naissance. Son volume est très variable ; et sa forme dépend du siège qu'elle occupe et de la quantité de sang épanché.

Son siège est toujours sur le crâne et de préférence sur les pariétaux ; d'ordinaire lorsqu'on l'observe, elle est entourée d'un cercle, de consistance osseuse, plus ou moins élevé, limitant exactement la tumeur, et qu'on nomme, bourrelet osseux.

Tel est le résumé de sa description ; mais chacun des caractères que nous lui avons assignés, mérite d'être repris à part. Etudions-les donc, isolément ; nous ajouterons ensuite d'autres symptômes, qui sont moins constants et nous finirons par examiner la marche qu'elle suit et ses divers modes de terminaisons.

I. — S'il est vrai que le plus souvent on aperçoit la tumeur du premier au quatrième jour, on ne connaît pas au juste le moment où le sang commence à s'épancher.

Plusieurs auteurs l'ont sentie avant que le travail ne

fût terminé, et même avant que la poche des eaux ne fût rompue. Otiender et Nœgele affirment qu'elle peut exister avant la rupture des membranes et faire prendre la tête de l'enfant pour une partie plus molle. Michaelis assure que les enfants naissent avec ces tumeurs, ou que leur formation suit de très près la naissance. Zeller publie une observation qui lui fut communiquée par une sage-femme, qui sentit la tumeur, la tête étant encore dans l'excavation. Fortin, dans la *Presse Médicale* de 1837, rapporte un autre exemple. Une observation pareille existe dans la *Gazette des hôpitaux* de 1856. Griesclich, médecin à Schwtzingen, aperçut sur le pariétal d'un enfant *qui venait de naître à l'instant*, un gros céphalœmatome. Stolz admet qu'il peut exister avant le travail, quoi qu'il ne l'ait jamais vu par lui-même.

Feiler, Schmaltz, Froriep et Wendt l'ont observé le premier ou le second jonr ; Becker le troisième ; Klein presque tout de suite après l'accouchement, quelle que fût sa rapidité, deux fois seulement, il observa quatre ou cinq jours après. Carus qui lui donne la même signification qu'aux ecchymoses des organes génitaux de la mère, croit que l'épanchement n'a lieu que plus tard.

Burchard, sur cinquante-trois tumeurs, l'a vue deux fois au commencement du travail, vingt-quatre fois pendant ou peu après le travail, quatre le second, quinze le troisième, les restantes le quatrième, jusqu'au onzième inclusivement, aucune le huitième ni le neuvième jour. Dans un des cas il le diagnostiqua pendant le travail, ils raconte la joie de ses élèves lorsque l'enfant né il purent constater l'exactitude de son diagnostic. Enfin, dans un cas, il le rencontra chez un enfant retiré du sein de la mère morte du choléra.

La plupart des auteurs admettent que l'épanchement se fait ou pendant le travail ou peu après l'accouchement, et que si on ne l'observe pas dans les premiers moments, sa petitesse suffit à expliquer comment elle passe inaperçue pour les personnes qui soignent les enfants, jusqu'à ce que ses dimensions considérables appelent leur attention.

II. — D'après Virchow, il ne siégerait que sur les parties du crâne dépourvues de muscles; cependant Siebold, Hove, M. Depaul l'ont vu sur le frontal; Hœzel a trouvé sur l'occipital, Perret (1) a trouvé à l'autopsie une tumeur qui siégeait sur la protubérance occipitale externe; Berthelot (2) l'a vu sur la bosse occipitale. L'observation que nous rapportons à la fin de cette étude est aussi très concluante.

Michaelis, Martinenq paraissent l'avoir rencontré sur le temporal; et si nous croyons Unger, il l'aurait vu sur l'apophyse mastoïde, Burchard fait remarquer que l'apophyse mastoïde n'existe pas à cette époque.

Il est incontestable que son siège de prédilection est sur les pariétaux, le droit surtout, au niveau de leur angle postérieur et supérieur.

Nebel l'a pourtant vu vers l'angle antéro-supérieur et Fischer médecin à Mannhein limité à l'angle postéro-inférieur.

Lorsque son siège est sur l'occipital, il est sur la ligne

1. *Bull. Soc. Anat.* T. IX, page 121.
2. *Gazette des hôpitaux*, 1864, page 454.

médiane, et à part les exemples que nous avons cités, en dehors de la bosse occipitale.

Quel que soit son siége, il s'éloigne plus ou moins des bosses et des sutures d'où l'adhérence plus grande entre le péricrâne et la dure-mère les tient éloignés. On rapporta un exemple de céphalæmatome double communiquant à travers la suture sagittale. Voici ce que dit Valléix « je ne doute pas que toutes les fois qu'on a signalé un céphalæmatome occupant les deux pariétaux et non divisé en deux par les sutures, l'accumulation de sang ne se soit faite sous l'aponévrose ». Et il craint que leurs assertions à ce sujet, ne soient fondées, plutôt sur les indications d'un diagnostic douteux, que sur les résultats d'une bonne dissection. Cependant, M. Depaul assure avoir perçu la fluctuation communiquée d'une tumeur à l'autre dans plusieurs cas de tumeurs doubles.

De plus, nous trouvons dans une thèse de Strasbourg, une observation de Stolz d'un céphalæmatome très volumineux qui se trouvait *juste sur le sommet de la tête, et s'étendait des deux côtés sur les pariétaux*. Il dit encore : « elle était circonscrite à la base par un rebord d'apparence osseuse, très distinct et en plusieurs endroits très saillant. Il n'y avait point de changement de couleur à la peau ; la tumeur était peu tendue, indolente et manifestement fluctuante ». On pratiqua l'incision et au fond de la plaie on trouva l'os nu et rugueux.

Que dire de cela, quand tous les auteurs paraissent admettre que l'adhérence entre la dure-mère et le péricrâne est on ne peut plus intime, et que tout passage d'un liquide d'un côté à l'autre est impossible?

Son éloignement des bosses est dû à l'ossification plus avancée dans ces points et à la résistance plus grande qu'offre le périoste. Cependant, si l'épanchement est très fort, ces limites peuvent être franchies.

M. Seux, après avoir additionné les 6 cas de Valléix, les 45 de Burchard et les 19 siens, obtint un total de 70 faits, comprenant 85 tumeurs placées comme suit :

48 sur le pariétal droit.

29 sur le pariétal gauche.

2 sur un pariétal, sans indiquer lequel.

5 sur l'occipital.

1 sur le frontal droit.

Burchard, Seux, Lebreton, Perret, Lefour et beaucoup d'autres ont publié des cas de tumeurs doubles.

Nœgele, Burchard, Seux et Combe, en ont observé de triples. Dans ce cas, il est très commun qu'il y en ait une sur chaque pariétal, et la troisième sur l'occipital.

III. — Rien de plus inconstant que le volume des tumeurs, très petites au début, de manière qu'on les laisse souvent passer inaperçues, elles gardent parfois ces dimensions ; si elles augmentent, on les voit atteindre celles d'un œuf de pigeon, de poule et même celle du poing, jusqu'à couvrir le pariétal tout entier, si le sang décolle le périoste au niveau des bosses ; s'il résiste, on le voit contourner cette éminence et prendre la forme d'un rein posé sur la longueur de la suture sagittale et lambdoïdienne.

Sur l'occipital il peut s'approcher de la forme d'un fer à cheval sur la protubérance. Plus rarement il couvre celle-ci. S'il n'est pas aussi gros qu'un œuf de poule, il présente la forme d'un ovoïde, le grand diamètre dirigé d'avant en arrière, suivant M. Depaul placé de manière à ne pas être complétement parallèle à la suture sagittale, de laquelle il reste quelque peu éloigné.

Rond, convexe au début, il s'aplatit lorsque le bourrelet osseux est formé et que le sang est en voie de résorption.

D'après Burchard, leur siège influerait sur leur forme, rondes sur le frontal ou l'occipital, ovalaires ou renniformes sur le pariétal.

IV. — La peau conserve ordinairement sa couleur normale. Dans des cas exceptionnels on l'a trouvée livide (Feiler) ; Osiander dit qu'elle est rouge bleuâtre. Hueter l'a vue violette. Burchard aussi l'a trouvée quelquefois plus ou moins altérée ; mais tout cela est rare, et en règle générale, la couleur de la peau n'a pas changé, et elle est couverte de cheveux. Nous disons de même pour la température, et si on observe quelque changement, si on s'aperçoit qu'elle est plus élevée que celle des parties voisines, on doit soupçonner quelque complication, soit inflammation, soit suppuration.

V. — Un symptôme que quelques auteurs prétendent avoir perçu et qui a donné lieu à beaucoup de discussions, c'est l'existence de battements. Nœgele dit les avoir observés. Gageon a publié dans la *Gazette des hôpitaux* un cas où la tumeur était le siège de pulsations évidentes, et quoique irréductible, il la prit pour une hernie du cerveau. Nœgele a trouvé ce signe à plusieurs reprises. Pigné et Chelius disent aussi qu'il peut être observé quelquefois. Burchard l'a trouvé deux fois ; dans un des cas, il rencontra à l'autopsie une perforation à travers laquelle communiquaient une tumeur interne et une autre externe. Il dit que si jamais ces pulsations existent, on doit les expliquer de la même façon et ne croit pas qu'une tumeur externe isolée puisse donner lieu à ce symptôme. Seux croit que les auteurs qui les ont observées ont été induits en erreur par les battements des artères voisines. Il est plus à croire qu'ils ont senti celles de leur propre doigt.

Bref, ce symptôme n'existe pas dans les cas simples ; et et si jamais on le perçoit, la tumeur sera sûrement plus ou moins réductible et donnera lieu à des phénomènes de compression cérébrale. On doit croire dans ce cas à une double tumeur ou à un encéphalocèle dont nous nous occuperons à l'article diagnostic. Dans la généralité des cas, ces symptômes font défaut.

VI. — Au début la base de la tumeur se confond sans ligne de démarcation avec les téguments voisins. Tous les auteurs, excepté Michaelis et ceux qui comme lui, croient à la carie primitive de l'os, sont d'accord pour affirmer que le bourrelet osseux n'existe pas au début.

Michaelis affirme l'avoir toujours rencontré au début. Par contre Busch dit ne l'avoir jamais rencontré et il appuie son opinion de dix-sept cas personnels.

Mais si nous cherchons l'explication de ces divergences, nous verrons que leur contradiction ne reposait que sur une différence de conduite.

Si Michaelis voyait les tumeurs lorsque le cercle osseux existait déjà, et si Busch les incisait avant qu'il eût eu le temps de se former, tous deux étaient dans le vrai en affirmant ce qu'ils avaient vu.

Écoutons maintenant d'autres auteurs qui paraissent être

moins exclusifs et avoir mieux observé. Valleix dit que sur un enfant atteint de céphalœmatome et qui mourut peu d'heures après la naissance, il ne trouva pas de bourrelet. Plus d'un parmi ceux qui se sont occupés de cette question a été appelé à voir des tumeurs sanguines, au début de leur formation et ils n'ont pas trouvé de bourrelet, tandis que quelque temps après on pouvait le constater (Valleix).

Il met donc quelque temps à se former et lorsque l'enfant vit et qu'on ne trouble pas la marche de la tumeur par une intervention chirurgicale, le bourrelet existe toujours.

« Le bourrelet osseux est aussi nécessaire à l'existence du céphalæmatome, que l'est le sang épanché dans le péricrâne. » Ainsi s'exprime Seux qui fait un relevé de 81 cas et sur lesquels il a toujours été constaté.

Le temps qu'il met pour arriver à son apogée est très variable, parfois il atteint son maximum dans l'espace de vingt-quatre heures; ordinairement il n'est complet qu'au bout de six, huit ou dix jours. Le plus souvent le cercle qu'il forme à la tumeur, est complet, d'autres fois il manque sur certains points, mais il a la même forme.

L'arrivée du bourrelet à l'apogée de son développement marque la période d'état de la tumeur, et bientôt après celle de décroissance.

VII. — La tension de la tumeur n'est pas assez forte pour empêcher le doigt explorateur d'arriver au fond et sentir le pariétal au-delà de la saillie formée par le bourrelet.

Valleix, qui accorde à ce signe une grande importance donne pour l'apercevoir les conseils suivants : « Il suffit, dit-il, de placer d'abord le doigt sur le bourrelet et de le pousser ensuite vers le centre de la tumeur en augmentant graduellement de pression. »

VIII. — Une fois la tumeur arrivée à cette période, un autre symptôme très caractéristique peut être observé ; nous faisons allusion à une sensation particulière comparée par Chélius au bruit qu'on produit en pressant sur certaines tumeurs du maxillaire inférieur, et trouvée par Dupuytren. Nœgele le décrit, et dans une lettre à Velpeau, il dit qu'elle a été perçue la première fois par Schmitt, professeur à Vienne. Si les doigts pressent sur la tumeur, on perçoit une sorte de crépitation parcheminée, qui plus tard ressemble à celle que donne une lame d'étain ou de cuivre qu'on foisserait. Le travail d'ossification qui s'élabore dans le périoste nous rend assez compte de ce phénomène, qu'on ne perçoit que dans une période avancée de la tumeur. Seux l'a perçue 15 fois dans 25 cas, et son existence est admise aujourd'hui par tous les observateurs.

IX. — *Marche.* — Valleix a vu une tumeur qui acquit tout son développement dans l'espace de vingt-quatre heures. Burchard fixe des moyennes ; celle d'accroissement de 7 à 9 jours ; celle de stade de 7 à 21 jours ; celle de décroissance très variable. Lorsque la période de décroissance est arrivée, on voit la tumeur diminuer de jour en jour de volume, et ceux qui ont suivi attentivement la marche de la nature pour arriver à la guérison, ont pu être témoins des curieux phénomènes que nous allons décrire. Une partie du sang se réabsorbe, et la tumeur devient de plus en plus plate, le bourrelet osseux se resserre en se dirigeant vers le centre, de dehors en dedans, non d'une manière régulière, mais en émettant des prolongements osseux qui se dirigent vers le côté opposé et qui quelquefois divisent en deux la surface de l'os qui forme la base de la tumeur. Ils peuvent s'arrêter dans leur marche, et d'autres points anguleux se montrer, parfois la surface de l'os sert de siège à diverses granulations osseuses en forme d'ilots.

Tout disparait alors aux yeux de l'observateur, puisque le sang a été complètement résorbé, mais les doigts peuvent encore apprécier les altérations qui restent dans l'os, la sensation parcheminée, etc. Les parties de la base de l'os qui avaient été occupées par le bourrelet sont complètement revenues à leur état normal, mais le bourrelet lui-même s'est porté en dedans et n'est pas aussi nettement perçu. Si toutes les phases que nous venons de parcourir se sont rapidement succédé il arrive que le cuir chevelu trop distendu n'est pas revenu à son élasticité normale et qu'il est un peu flasque pendant les premiers jours.

Puis, un peu avant que toute trace disparaisse, tout ce que le doigt peut sentir, c'est une légère cavité un peu allongée et quelques saillies osseuses. Enfin l'os reprend son aspect normal, et l'examen le plus attentif ne peut rien remarquer. Sa surface est lisse, absolument comme celle de son congenère sain.

Mais ces derniers vestiges, pendant combien de temps persistent-ils? Nœgele signale une grande lenteur et dit qu'un an après, l'on peut encore percevoir une bosse saillante. Valleix est aussi du même avis, il admet que la résorption s'opère très lentement. Seux est d'un avis contraire, et selon lui, la nature ne prend pas plus de dix jours à deux mois pour tout réparer.

Dans les douze observations qu'il rapporte, la guérison s'est opérée 18 fois ; 1 au bout de dix jours, 1 au bout de 17, 1 au bout de 20, 2 au bout de 24, 2 au bout de 28, 1 au bout de 35, 6 au bout de 42, 2 au bout de 48, 1 au bout de deux mois. Le dix-neuvième mourut le quinzième jour d'un muguet avec entérite.

Terminaisons. — Telle que nous avons suivi la marche de la tumeur, nous l'avons vue se terminer par résolution spontanée. Gaussail (1) cite le cas d'un céphalæmatome guéri à la suite d'épistaxis répétées et que nous n'avons pas trouvée bien concluante.

Dans d'autres cas, ou le chirurgien croit devoir intervenir, la résolution a lieu après l'incision ou la ponction. Si l'on pratique une de ces opérations, la tumeur se reproduit le plus souvent, et d'autant plus sûrement que l'intervention a été plus précoce ; d'ordinaire, la seconde tumeur n'atteint pas les dimensions de la première et sa résorption se fait plus vite, parce que ce n'est pas du sang pur, mais du liquide sanguinolent qui a remplacé le premier, et si on a la précaution d'exercer une compression qui s'oppose à la reproduction, la durée totale de la tumeur paraît être fort diminuée, d'après M. Depaul, qui a eu souvent occasion de comparer les résultats des diverses méthodes. Quelquefois, le sang se reproduit avec persistance ; Sandeau (2) communiqua à la Société anatomique une observation de céphalæmatome avec spina-bépida,

1. *Presse médicale*, 1877, p. 429.
2. *Bulletin*. Société anatomique 1878, p. 114.

où le sang se reproduisit après trois incisions successives. Le sang était mêlé à du pus dans la dernière évacuation. Le bourrelet qui était déjà formé disparut après la première incision. Velpeau cite un cas semblable. La reproduction de l'hémorrhagie qui est comme la première, due à l'ouverture des capillaires déchirés, sera d'autant moins facile, que l'incision aura été faite plus tardivement, et qu'ils auront eu le temps de se refermer.

La disparition si rapide du bourrelet nous confirme dans l'idée que cette partie est non seulement due à l'ossification du périoste, mais aussi à la coagulation du sang.

Nous avons longuement insisté sur la terminaison du céphalæmatome par résolution, la plus commune, presque l'unique ; mais quelquefois la marche peut être différente. Soit spontanément, soit après l'intervention, la suppuration peut arriver. Dans le premier cas, on voit la peau devenir rouge, s'enflammer, être douloureuse, et finalement s'amincir et laisser suinter le sang, noirâtre, caillé et mélangé avec du pus. Si la suppuration arrive après l'opération l'ouverture qu'on a faite ne se ferme pas, ou se rouvre pour laisser sortir les produits qui se sont formés. Mauriceau et Smellie ont observé la terminaison par suppuration spontanée. Une fois la suppuration établie, la guérison peut encore avoir lieu ; si la plaie prend un bon aspect et la suppuration est de bonne nature, elle finit par diminuer, puis par se tarir, les téguments se recollant après une bonne cicatrisation.

Si au contraire, la plaie au lieu de se cicatriser voit augmenter sa suppuration, ou celle-ci devenir de mauvaise nature, la peau commence à s'amincir, se décoller, les os s'altèrent et même ils peuvent être éliminés ; l'enfant épuisé et cachectique finit par succomber, ou bien un érisipèle vient à une époque quelconque, compliquer la marche de la maladie et enlever le petit malade.

Trousseau (1) a indiqué la terminaison par une autre maladie ; il dit qu'à sa suite il peut quelquefois se former un hydro-céphale externe, puis un kyste analogue à ceux qui s'observent dans les membres après les contusions.

Le céphalæmatome par lui-même ne produit jamais la mort ; lorsque celle-ci a lieu, c'est par une de ces complications que nous avons étudiées, ou par une maladie intercurrente, auxquelles, d'après quelques auteurs, ces enfants seraient un peu plus prédisposés.

1. *Gazette des hôpitaux*, 1848, p. 57.

PATHOGÉNIE ET ÉTIOLOGIE

Donnons d'abord un coup d'œil général sur les opinions des auteurs, nous étudierons ensuite les détails anatomiques qui nous intéressent et finalement, nous analyserons les théories qui ont été émises.

I. — Baudelocque assimile le céphalæmatome aux foyers apoplectiques et ajoute : « Tous ces enfants sont nés vivants, et sans ces épanchements de sang à l'extérieur du crâne, ils eussent peut-être été victimes, comme bien d'autres, de l'engorgement ou de la rupture des vaisseaux du crâne. » Pigné leur donne la même signification.

Zeller dit : « *Tenebras quibus modus cephalæmatomate, quo oritur involutus est, dispellere non audeo* », quoique un peu plus loin il revienne sur sa neutralité et ajoute : « *Pressionem quam caput, pelvim impervadens patiatur originem tumorum sanguineorum (cephalæmatomatum) esse facile, ve non accurate perpensa, statuere possit. Attamen pressionem illam nequaquam vil saltem non unice in causa esse, inde colligere licet.* »

Nœgele croit que l'afflux plus considérable de sang qui se fait vers la tête du fœtus après la naissance en est la seule cause.

Undervood se rallie à la théorie de Michaelis et Palletta, que nous exposerons plus loin.

Brandau juge qu'il est produit non-seulement par les

difficultés pelviennes, mais aussi par la ténuité des vaisseaux.

Wokuska éloigne complètement les causes de nature anatomique (*causas internas*) et l'attribue aux pressions que subissent les parties molles du fœtus. Klein est du même avis.

Velpeau aux pressions inégales qu'éprouve le crâne du fœtus en traversant le bassin.

Busch accuse le chevauchement des os du crâne qui lèsent une ou plusieurs veines.

Valleix, la constriction exercée par le col de l'utérus.

Dubois adopte une opinion mixte et pense que chacune des causes allégnées peut avoir en sa faveur un certain nombre de faits, mais pour lui l'essentiel est le décollement du périoste qui rompt les petits vaisseaux et détermine une hémorrhagie comparable à celle qui se produit par la séparation du placenta et de l'utérus. Si le décollement était central, l'image serait parfaite. Le professeur Pajot adopte son opinion.

Siebold voit une sorte de nœvus.

Stein une mauvaise conformation des vaisseaux du crâne.

Pour Bardinet le céphalœmatome serait une monstruosité due à une violence subie par la mère.

Pour en finir avec cette longue énumération, citons l'opinion de M. Tarnier ; pour lui l'organisation des os du crâne chez le nouveau-né est la seule cause première, l'élément indispensable à sa production. Il croit cependant que le travail de l'accouchement joue un rôle. C'est aussi l'opinion qui paraît être adoptée par M. Jeré ou qui au moins ressort de son travail, que nous allons citer dans un instant.

II. *Considérations anatomiques.* — Un seul point d'ossification préside à la formation des pariétaux qui apparaît vers le quarante-cinquième jour de la vie embryonnaire dans sa partie la plus saillante, et qui sera plus tard la bosse pariétale. De ce point partent une infinité de fibrilles qui se dirigent en divergeant vers la périphérie et qui forment deux couches, l'une profonde, table interne ; l'autre superficielle ou table externe. Ces fibrilles sont naturellement plus serrées au centre que vers les bords de l'os, où elles laissent de petits espaces vides qui leur donnent l'apparence pectinée. Celles de la couche profonde atteignent les premières les limites sur lesquelles s'établiront définitivement les bords du pariétal et qui bientôt sont suivies par celles de la couche superficielle. Mais cette superposition des deux couches ne se fait pas simultanément sur tous les bords du pariétal, qui se marque par un retard dans la formation du bord de la suture sagittale, et surtout de l'angle postéro-supérieur, le plus distant de la bosse pariétale. Ces bords restent fibrillaires jusque vers le sixième mois, où ils ne sont formés que par la couche profonde. L'épaississement qui résulte de l'union des couches profondes et superficielles a été appelé par Broca, *bourrelet marginal*. Il apparaît d'abord vers l'angle antéro-inférieur, contourne l'os des deux côtés pour arriver en dernier lieu à l'angle postéro-supérieur.

A la fin de la vie intra-utérine ces os conservent leur structure fibrillaire, avec des canalicules ou fentes contenant des vaisseaux ; ils sont comme spongieux et paraissent imbibés de sang.

Le périoste leur adhère faiblement, et d'après Dubois aurait une circulation commune avec l'os, de sorte que si on le décolle, on déchirerait forcément une certaine quantité de capillaires. Cet auteur après avoir artificiellement séparée le périoste de l'os dans une certaine étendue, a poussé une injection par l'artère méningée moyenne et immédiatement, il a vu l'eau chasser les derniers restes de sang et sourdre en abondance à la surface de l'os ; expérience qui a été pleinement confirmée par Valleix. C'est ainsi qu'il s'est trouvé conduit à expliquer la production du céphalæmatome par un décollement primitif du périoste.

Anomalie. — Gerdy (1) dans sa thèse inaugurale fait une très belle description de ces anomalies, qu'il a nommées *fontanelles accessoires*. Elles consistent dans le défant d'accollement des fibrilles vers les bords des os du crâne, car elles n'existent seulement pas aux bords des pariétaux, quoiqu'elles soient bien plus fréquentes au niveau de la suture sagittale, ou soit dit en passant, le praticien non prévenu, peut être induit en erreur au moment du toucher par la présence d'une de ces fontanelles.

Mais c'est encore à Broca que nous devons la connaissance la plus complète de ces anomalies. Il en a trouvé qui avaient des largeurs variables depuis une ligne jusqu'à constituer un véritable fontanelle accessoire. De même pour leur longueur, qui est tantôt d'un centimètre, tantôt assez pour aller rejoindre la bosse pariétale.

1. Vulgrand Gerdy. — Recherches et propositions d'anatomie, de pathologie et de tocologie, Paris 1837.

Uniques ou multiples, leur siège le plus fréquent est l'union des trois cinquièmes antérieurs au reste du bord interne du pariétal.

Ce sont sans doute les plus fréquentes, mais on peut en rencontrer d'autres sur le bord postérieur, au point où ce bord forme un angle très obtus ouvert en arrière. M. Feré qui les étudie très bien et auquel nous empruntons la plupart des détails qui suivent, l'appelle *fissure lambdoïdienne* : et fait une étude très complète. Pour lui cette fissure n'est le plus souvent qu'un défaut d'accollement des fibrilles radiées qui viennent de la bosse pariétale. Sa direction n'est pas parallèle au bord sagittal, si on examine le pariétal isolé, tandis qu'elle l'est, si on examine le crâne tout entier, ce qui sert à la différencier des fissures qui résultent d'un développement anormal du pariétal par deux points osseux et qui ont ont une suture médio-pariétale parallèle à la suture sagittale.

Mais il n'y a pas que les pariétaux qui soient le siège de ces fissures. A leur exemple, tous les os à structure fibrillaire peuvent les présenter : le frontal, le temporal, mais surtout l'occipital. Dans ce dernier os, on trouve chez tous les fœtus, avant que l'ossification ne soit complète une principale, qui part de l'angle supérieur, se dirigeant vers l'union, et d'autres moins constantes partant d'autres points de leurs bords et toujours se dirigeant vers la même éminence.

Lorsque chez les fœtus que présentent ces fissures l'ossification est plus avancée, au lieu de fissures, il reste des trous, qui ne sont en somme que des vestiges des premières.

M. Feré qui a voulu établir la fréquence de ces fissures n'a pas obtenu des résultats très positifs ; mais voici à quoi il est arrivé en réunissant les statistiques de MM. Barkow, Broca et Augier et qui portent sur 1000 crânes environ :

« Dans un tiers des cas il n'existe pas de trous pariétaux sur l'adulte, dans un autre tiers il en existe un seul, dans le dernier tiers, il y a deux trous pariétaux, et exceptionnellement, il y en a eu plusieurs du même côté.

« Quand il n'existe qu'un seul trou pariétal, 164 sur 265 il est à droite.

« Quand il en existe deux 52 fois sur 82, le plus grand est à droite.

« Quand il y a eu trous pariétaux, 9 fois sur 12, il y en a eu deux à droite. »

Nous ne finirons pas cette étude sans rappeler qu'une autre lésion, quoique de nature différente, présente avec celle des trous pariétaux l'affinité de siège : c'est l'atrophie sénile, plus commune à droite.

Il en est de même pour les autres os, le fémur, par exemple, qui affecte une disposition marquée pour l'atrophie dans la partie où l'ossification a été plus lente, c'est-à-dire le col. Ceci nous montre que le même loi qui préside à l'évolution des êtres est applicable aux éléments anatomiques, c'est-à-dire que ceux dont le développement a été le plus pénible, restent les plus faibles, succombent les premiers, après avoir été sujets à certains troubles pathologiques.

Nous voici amenés à parler d'une autre altération que nous avons trouvée mentionnée pour la première fois dans la thèse de Schmeisser, et qui présente au point de vue de la pathogénie du céphalœmatome, la plus grande importance. Nous faisons allusion à l'existence de fractures du pariétal et auxquelles sa structure semble tout particulièrement les disposer. Voici comment cet auteur rend compte d'un cas d'Hœre : « Hœre ductus observatione quadam, « qua in infante paucos post partum dies mortuo internam « cranii laminam corrosam, sanguinis magnam copiam in« ter cranium et duram matrem, minorem inter cranium « et pericranium effusam, et in osse parietali fisuram in « totam ejus ossi longitudinem patentem invenit, alteram « tumoris sanguinei, cui interno tribuit nomen, speciem « proponit. »

Dans la même thèse nous rencontrons un autre passage très curieux relatif à une fracture, mais sans communication à l'intérieur. Il s'agit d'une observation de Hueter : « Qui in infante continuo post partum mortuo, et tumore « sanguineo in dextro osse parietali gerente, marginem « lamddoideum ejusdem lateris exigua fissura invenit in« cisum, ex qua, si os occipitis aut parietale primebat, « sanguis fluidus emanabat. » Une autre de Merrem : « Qui plane similia in osse frontis invenit. » Pareil fait a depuis été observé par Mignod (1), Baron, Burchard, Siebold, de Michon (2) et aussi par Padieu. Mais c'est à M. Feré que revient l'honneur de les avoir mis en évidence et d'avoir attiré l'attention des médecins sur l'importance de ces lésions.

Voici la description qu'il fait : « Sur les six pièces que

1. Mignot. *Bulletin Soc. Anat.* 1848, p. 171.
2. De Michou. *Bulletin Soc. Anat.* 1857, p. 265.

nous avons vues et montrées, nous avons toujours trouvé, soit une fracture, soit une fente saignante au niveau des fissures de développement. Parfois au niveau de ces fissures, il n'existe que des fêlures produites par le chevauchement de leurs bords et qui peuvent être réparées au moment de l'autopsie, dix, quinze ou vingt jours après leur production » ; d'autres fois ce sont des véritables fractures, qui présentent toutes la direction des fibrilles d'ossification, et qui peuvent avoir un ou deux centimètres de longueur. Il peut même arriver que leurs bords soient assez écartés pour que dans leur intervalle, la collection sanguine extra-crânienne communique avec une autre sous-osseuse et ayant pour origine la même rupture vasculaire. Si l'ouverture était assez large, on pourrait apercevoir des soulèvements communiqués par l'encéphale.

Pour distinguer ces fractues, des autres altérations que présentent les pariétaux atteints de céphalématome et qui sont consécutives à la production de la tumeur, nous les appellerons, *causales*.

Si nous nous sommes plu à décrire des anomalies, et des altérations, qui ont une prédilection si marquée pour les pariétaux, nous devons nous rappeler que le céphalæmatome a lui aussi, dans cette partie, son siège de prédilection. Il semble donc d'abord que l'angle postérieur de ces os et surtout celui du côté droit soit un lieu de moindre résistance. Rien d'étonnant, en effet, qu'une région où ces altérations sont les plus communes, où la structure fibrillaire est surtout marquée, où les vaisseaux très nombreux et d'une ténuité très remarquable, puisqu'il sont composés d'une seule tunique adossée au tissu osseux lui-même, et contenus dans l'intérieur des petites loges que les fibrilles laissent entre elles, se déchirent et laissent sortir du sang, lorsque, sous l'influence des pressions exercées par le travail une de ces fractures fibrillaires vient à se produire. Le sang gêné dans son retour, ou attiré vers l'extérieur par la différence de pression décolle le périoste et s'étend dans une suface variable. Il peut rester très limité ou s'étendre jusqu'aux bornes qui lui sont assignées par son adhérence plus forte, soit au niveau des sutures, soit au niveau des bosses et la tumeur est formée.

III. — Il nous reste, après avoir passé en revue tout ce que jusqu'ici a été dit relativement au développement des pariétaux et à ses anomalies, à examiner les différentes théories qui ont été émises pour expliquer la formation du céphalæmatome. Nous croyons pouvoir les réduire à trois.

1° La première défendue par Michaelis et Palleta, qui expliquait tout par une altération des os du crâne ou nécrose, qui ayant amené la destruction de la table externe, favorisait la rupture des vaisseaux et l'accumulation de sang au-dessous du périoste.

Palleta vit la membrane blanche qui tapisse le fond de la tumeur. Or, la table externe n'existe pas à cette époque, et quant à la membrane blanche, il est certain qu'on ne la trouverait pas s'il y avait de la carie, mais à la place des bourgeons charnus et des séquestres. Du reste, il suffit de comparer les symptômes, la marche et la terminaison de ces processus, carie ou nécrose d'un os quelconque, pour être saisi de l'énorme différence qui les sépare de ceux de notre affection. L'un guérit spontanément, sans suppuration ; et pour les autres, il n'y a jamais assez d'interventions chirurgicales. Mais cette théorie, qui a été suffisamment réfutée, ne conserve plus aucun partisan, et nous verrons, à l'article *Anatomie pathologique*, que les altérations des pariétaux que ces auteurs prirent pour des lésions primitives, doivent plus rationnellement être rapportées à l'ostéite raréfiante, qui est un travail de réparation.

2° La deuxième théorie, qui expliquerait tout par l'altération des pariétaux, la ténuité de ses vaisseaux ou autres causes prédisposantes, a été défendue avec les diverses nuances que nous avons vues plus loin par Baudelocque, Nœgele, Schmitt, Klein, Zeller, Hœre, Siebold, Burchard, Pigné, Chelius, Seux, etc. Pour eux, l'influence du travail serait insignifiante ou limitée à des cas rares. L'hémorrhagie sous-péricrânienne aurait lieu par le même mécanisme que les hémoptysies, les hémorrhagies cérébrales, les métrorrhagies, avec lesquelles elle présenterait la plus grande analogie, en ce sens qu'elles sont favorisées par un travail local. Ils s'appuient sur les cas de céphalématomes publiés par Nœgele, Fortin, Burchard, où les enfants seraient venus par le siège, après une version ou des accouchements très courts, très faciles, où les accoucheurs auraient diagnostiqué les céphalæmatomes avant ou pendant le travail; enfin, après une opération césarienne.

Le cas de Burchard est trop curieux pour que nous ne le citions pas en entier, le voici :

« Dans le cours de 1831 à 1832, un grand nombre de femmes grosses ayant succombé au choléra asiatique, j'eus vingt-sept fois l'occasion de pratiquer l'opération césarienne sur le cadavre, et, en examinant la tête des enfants qui étaient morts, je trouvai, chez un seul, une tumeur s'élevant de la surface du pariétal droit, présentant un bord bien distinct, aigu et circulaire, laissant facilement reconnaître un trou dans l'os. En faisant l'ouverture de cette tumeur, en présence de deux élèves de chirurgie, nous fûmes étonnés de trouver là, au lieu de la matière osseuse, deux lames qui, distendues comme une petite couche, renfermaient du sang récent, rouge et coagulé ; tout le crâne et les vaisseaux sanguins, jusqu'aux plus petits, étaient gorgés de sang ». Cette observation, dont on a contesté la valeur, nous paraît pourtant assez probante. Ils invoquent l'autorité de M. Bouchut (1) qui a vu un grand nombre d'avortements se produire dans les femmes enceintes affectées de choléra, ils reprochent à Burchard d'omettre certains détails, tels que s'il y avait commencement de travail et l'état de l'utérus, de dire si la femme, dans ses derniers jours, n'avait pas subi de violences : ces objections nous paraissent justes, mais il est au moins douteux qu'un commencement de travail, provoqué par la maladie, ait déterminé le céphalœmatome, car, dans ce dernier cas, le bourrelet osseux n'aurait probablement pas eu le temps de se former.

Enfin, nous avons cité, et pas tous sans doute, un certain nombre de cas où les tumeurs ont été constatées au commencement, ou à une période peu avancée du travail. Dans d'autres cas, elles se sont formées, et c'est ce qui a frappé les premiers observateurs, après des accouchements très faciles, ou dans des présentations du

1. Bouchut. Mémoire sur le choléra des femmes enceintes. *Gazette médicale*, 1849.

siège, ou chez des enfants sur lesquels on avait pratiqué la version.

Ajoutons encore que même chez l'adulte l'épanchement sanguin sous-péricrânien peut avoir lieu spontanément. Les exemples ne sont pas très communs, mais ils existent.

A plus forte raison ils doivent pouvoir se former chez des enfants, où la disposition des vaisseaux dans les pariétaux est bien plus favorable aux hémorrhagies.

3° Pour beaucoup d'autres auteurs, Becker, Carus, Wendt, Wokurka, Stolz, Capuron, Velpeau, Valléix, etc. il ne suffirait pas, il ne serait même pas nécessaire que les os du crâne fussent le siège d'aucune constitution anatomique, d'aucune anomalie prédisposante ; le seul fait de l'accouchement et les diverses modifications qu'il imprime au fœtus, en déterminant des violences etc., sur la tête, suffirait à expliquer la pathogénie du céphalœmatome.

Le passage de la tête du fœtus à travers un bassin vicié, rétréci ; la longueur, ou même la trop grande vitesse du travail, le volume trop considérable de la tête qui subissant des pressions, des contusions, provoquerait des décollements du périoste, l'absence de compression dans la partie laissée libre par le col, et l'obstacle à la circulation intraveineuse qu'il déterminerait (Mauriceau), la constriction qu'exercerait le col au moment du passage, Valléix donne à cette cause une importance capitale, et aussi, aux positions inclinées du sommet. Celles-ci sont très rares, plus peut-être que les céphalématomes. Seux a réuni seize cas, douze de madame Lachapelle, un de Cazeaux et trois de Chailly ; dans ces seize cas le céphalœmatome n'a existé que trois fois : son influence ne doit donc pas être très grande.

Pour ce qui est de la compression du col, Valléix dans une communication adressée à la Société anatomique, défend très énergiquement cette influence. Il divise les ecchymoses sanguines en trois catégories : 1° Légère infiltration sanguine ; 2° Infiltration plus considérable ; 3° Formation de nappe sanguine. Toutes ces ecchymoses auraient la forme ovalaire qui leur a été imprimée par le col. Le céphalématome serait le quatrième degré. De la facilité avec laquelle on exprime le sang à travers les os du crâne, de l'existance constante de ces infiltrations chez les nouveau-nés, de leur siège, de leur forme, de leur étendue, Valléix conclut que le col en comprimant les os a dû faire sourdre le sang d'abord, communiquer ensuite à ces taches, sa forme etc. De ces ecchymoses aux nappes sanguines, et de celles-ci au céphalématome la transition serait simple et naturelle. Enfin les ecchymoses complétant l'ovale dont les céphalématomes ne sont qu'une partie, démontreraient que ces deux lésions sont dues à une seule et même cause, que leur origine est identique.

Cette théorie qui a en sa faveur une grande apparence de réalité, n'est peut-être pas aussi vraie au fond. Et d'abord, tous les auteurs qui ont fait des nécropsies de céphalæmatomes, ne mentionnent pas l'ovale ecchymotique qui serait complété par le céphalæmatome. Tous n'admettent pas que l'ecchymose soit le premier degré de la tumeur. Comment ferions-nous ensuite pour expliquer celles qui se forment dans les autres présentations ?

Et la théorie de Dubois qui fait jouer un si grand rôle

au décollement primitif du périoste ? Et les tumeurs qui se forment dans les autres os, le frontal, l'occipital, par exemple, dans des cas où la présentation est normale ? Est-il bien avéré ensuite que dans tous les cas de tumeurs, il y ait eu rupture prématurée des membranes, et même tétanisation plus ou moins complète du col ?

Cette théorie applicable à beaucoup de cas ne peut en somme l'être à la généralité. Les auteurs qui en sont partisans ont invoqué la fréquence plus grande du côté droit de même que la bosse séro-sanguine qui est un effet du travail, ce qui tient à la position O. I. G. A. plus fréquente que les autres.

D'après Sympson, le céphalématome ainsi que la bosse séro-sanguine seraient plus fréquente chez les garçons que chez les filles parce que ceux-ci sont en général plus gros et que l'on voit plus de garçons que de filles être atteints de lésions résultant de la parturition.

Nous avons voulu nous rendre un compte exact de cette affirmation. Pour faire un relevé exact, nous avons parcouru la plupart des auteurs, qui se sont occupés de cette maladie, afin de déterminer le nombre de primipares qui auraient donné naissance à ces enfants et le sexe de ceux-ci. Nous n'avons rien retiré de bien positif.

Si dans quelques auteurs tels que Burchard et Seux ces données existaient, chez les autres, on avait mis à cet égard une complète négligence.

Voyons celles de Burchard.

Sur les 45 mères qui ont donné naissance à ces enfants, la plupart étaient jeunes, délicates et faibles.

La plus grande partie étaient scrofuleuses ; d'autres jouissaient et avaient toujours joui de la meilleure santé.

Neuf avaient de 17 à 20 ans ; vingt-deux de 20 à 25 ; quatre de 25 à 30 ; quatre de 40 à 45.

Vingt-cinq étaient filles, vingt femmes mariées, vingt-neuf étaient primipares.

Les enfants étaient ainsi partagés. Il y avait 34 garçons, 9 filles, 2 dont le sexe ne fut pas noté.

37 accouchements furent eutociques, 5 exigèrent l'application du forceps.

Seux ne donné aucun renseignement sur les mères. Dans les nouveaux-nés il y avait 11 garçons et 8 filles. Parmi les garçons, 4 étaient robustes, 6 de force moyenne, 1 faible ; parmi les filles, 3 étaient robustes, 5 de force moyenne.

Zeller ne donne des renseignements complets que pour ses deux premières observations ; les autres auteurs et les observations isolées que nous avons cherchées dans les journaux ne sont pas venus nous faire adopter une opinion précise.

Il est pourtant admis généralement que les garçons, et les nés de primipares sont plus souvent atteints et nous même, sans pouvoir relever une statistique exacte, nous avons retiré la persuasion que cette croyance est assez fondée. Pour nous, le sexe, en ayant une influence sur le volume de la tête, plus grande chez les garçons, et la priparité, en opposant des obstacles et prolongeant davantage le séjour du fœtus dans le canal pelvi-génital, les étroitesses de celui-ci, favorisent dans beaucoup de cas la formation du céphalématome, soit en amenant les décollements auxquels Dubois faisait jouer un si grand rôle, soit en produisant les fractures, qui nous ont si longtemps arrêtés. Est-ce que la forme que prennent les pariétaux pendant l'accouchement, leur courbure augmentant dans le sens antéro-postérieur, n'impliquerait pas assez la production de ces fractures et la rupture des veines si abondantes et si peu résistantes?

Que ce soit par un mécanisme, ou par l'autre, les difficultés du travail sont pour nous une cause de céphalématome, mais en tant que cause déterminante, et qui ne suffisent pas à expliquer tous les cas.

Nous croyons avec Chelius que si ces difficultés suffisaient à provoquer le céphalématome, ils seraient plus fréquents qu'ils le sont; avec Dubois que chacune des raisons invoquées peut avoir en sa faveur un certain nombre de faits; mais aussi que les lésions anatomiques sont presque toujours indispensables et que les accidents de la parturition favorissent l'éclosion de ces tumeurs chez les enfants qui naissent ou chez les fœtus qui y sont prédisposés.

Nous avons parlé de la préférence que le céphalématome a pour la première enfance; est-ce à dire que les autres âges soient exempts? Non. Nous avons rencontré plusieurs relations; La *Gazette des Hôpitaux* du 16 octobre 1855 parle des observations du Dr Spengler et Kneiter relatives à des céphalématomes spontanés chez les adolescents. Le Dr Seux de Marseille publie aussi deux autres exemples chez un même sujet, un enfant de vingt mois: « Le pariétal gauche, dit cet auteur était occupé par une tumeur fluctuante, indolore, non réductible et entourée d'un bourrelet osseux complet. Au bout de vingt jours tout avait disparu. Le 28 septembre suivant, cet enfant me fut ramené : il portait depuis quelques jours sur le pariétal droit, une tumeur semblable à la première ; elle avait 7 centimètres transversalement, 6 d'avant en arrière, le cercle osseux était irrégulier. Deux jours après le bourrelet osseux était appréciable sur tous les points. Le 7 octobre il n'y avait plus de tumeur. »

Malgaigne cite le cas d'un enfant de onze ans, d'une constitution scorbutique et chez lequel la moindre contusion déterminait d'énormes ecchymoses. A la suite d'un coup sur la bosse pariétale gauche, il se fit chez lui un épanchement de sang, qui occupait le front, les deux tempes et le vertex.

Il y a aussi la relation d'un cas chez une jeune fille de quinze ans dans les *Bulletins de la Soc. Anat.* 1855, p. 483. M. Tarnier l'a aussi observé chez un enfant de treize mois.

Le Dr Mongeot parle des céphalématomes qui apparaissent chez certaines femmes pendant la menstruation, fluctuants, douloureux, avec céphalalgie et qui se résolvent spontanément. Le Dr Michaud, de Chambéry, a observé le même fait.

Sont-ce de vraies céphalæmatomes ? Nous nous permettons d'en douter.

Mais le plus communément les épanchements sous-péricrâniens chez l'adolescent ou chez l'adulte succèdent à un traumatisme, et les cas spontanés sont d'une extrême rareté. D'après M. Nélaton, tous les cas de tumeurs sanguines succédant à des contusions ou à des violences sur le crâne, auraient leur siège dans l'espace sous-péricrânien.

Nous avons eu dans notre pratique un cas de ce genre, où tous les caractères du céphalématome étaient si évidents, qu'ils sont très présents à notre mémoire, et que nous les relatons tels qu'elle nous les a conservés.

Dans le courant du mois de février 1880, un fermier des environs de Castres nous amena son enfant âgé de neuf ans, qui présentait le long du bord interne du pariétal gauche, à un centimètre environ de la ligne médiane, une tumeur consécutive à un coup reçu dans cette partie l'avant-veille, et produit par une grosse pierre tombée sur lui d'une certaine hauteur. Cette tumeur était grosse comme un œuf de pigeon, assez tendue, élastique, indolore, irréductible, fluctuante, sans changement de couleur à la peau ; pas de bourrelet osseux.

Trois jours après je vois l'enfant, la tumeur n'a pas diminué, on sent un cercle de consistance osseuse qui entoure toute la tumeur. L'enfant se porte bien.

Huit jours plus tard, le bourrelet osseux est très marqué et mesure plusieurs millimètres dans sa largeur et sa hauteur. La tumeur est devenue plus plate. En dépassant avec le doigt le bord interne du bourrelet et déprimant avec force la tumeur on sent au fond une partie résistante, qui n'est que le pariétal.

Je voyais l'enfant très souvent, et la résorption se fit avec rapidité, mais une fois la tumeur disparue, on trouvait à sa place des inégalités, des saillies.

Nous ne pouvons pas préciser le temps que celles-ci mirent à disparaître.

ANATOMIE PATHOLOGIQUE

Nous allons passer en revue l'état des différentes parties qui composent la tumeur et commencer par ce qui se présente d'abord à la vue.

Peau. — Osiander l'a trouvée livide, Burchard, tantôt amincie et transparente, tantôt rouge et violacée. Le plus souvent, elle conserve sa couleur normale, couverte de cheveux, et n'est ni amincie, ni transparente.

Aponévrose. — Valleix a vu des echymoses dans le tissu conjonctif sous-aponévrotique ; en général il n'y a rien de particulier.

Péricrâne. — Une fois que l'aponévrose a été enlevée, Valleix dit avoir distingué une couleur foncée communiquée au péricrâne par le sang. Il a toujours trouvé cette membrane épaissie, soit qu'elle eût été décollée par du sang ou par un abcès produit en dessous. Quelquefois il a trouvé de petits amas de matière crétacée, gros comme une lentille entourés d'un cercle rouge et simulant des pustules. Pour porter le décollement au delà de la tumenr il était obligé d'employer une certaine force et on croyait qu'il adhérait à une surface saillante. Mais la plupart du temps il trouvait la face externe du périoste lisse et poli.e Nous savons que Valleix niait à cette membrane toute propriété ossifiante, mais les recherches de M M. Flourens, Blandin et Ollier lui ont assigné son véritable rôle. Chelius, Schmitt et Nœgele ont cru le trouver ossifié et attribuer à cette modification le bruit ou sensation parcheminés qui nous a occupé à l'article, symptômes. Pour bien rendre compte de tous les changements qu'éprouve le périoste, nous ne pouvons mieux faire que reproduire la description de M. Feré. « Au bout de huit à dix jours, il commence à se former à la face profonde du périoste des noyaux d'apparence calcaire, que l'on voit par transparence à travers cette membrane. Ces noyaux s'agglomèrent pour constituer des plaques ou quelquefois des sortes de travées ou fibrilles qui peuvent avoir une direction parallèle à celle des fébrilles de l'os sous-jacent. Ils apparaissent d'abord sur le périphérie, de préférence du côté de la suture sagittale, etc. »

Membrane accidentelle. — Valleix en fait une très bonne description quoique l'origine qu'il lui attribue ne paraisse pas réelle. Il la compare à un sac sans ouverture et croit qu'elle est formée par du tissu conjonctif condensé. Pour lui, elle existerait toujours il l'a trouvée quatre fois sur cinq; le cinquième enfant était mort aussitôt après sa naissance. Pour Burchard, elle ne serait que la lame externe de l'os soulevée par le sang et on la trouverait rarement. M. Robin qui examina une membrane présentée à la Société de Biologie par M. Morel, démontra : 1° qu'il y avait une fausse membrane adhérente au péricrâne, et une autre semblable adhérente à l'os, et que ces deux membranes ne se continuaient pas l'une avec l'autre à la circonférence de la tumeur ; 2° qu'au pourtour de la tumeur on ne trouvait que de la fibrine amorphe et aucun tissu fibro-plastique annonçant l'existence d'une fausse membrane ; 3° qu'elles étaient formées des mêmes éléments qu'on rencontre dans les hématocèles datant de quelque temps.

La partie sous-périostale qui peut bien être sa couche profonde, bien qu'on la décrive séparément, présente les caractères du tissu conjonctif, et c'est dans son épaisseur qu'on voit les premiers noyaux osseux.

On n'est pas bien d'accord pour expliquer l'origine de la partie sus-osseuse. Trois opinions ont été émises pour l'expliquer ; pour les uns, elle résulte d'une stratification du caillot sanguin ; d'autres croient voir une lamelle de l'os ancien plus ou moins altérée ; d'après M. Feré, cette membrane serait le résultat d'une sclérose de la couche médullaire restée entre l'épanchement sanguin et l'os sous-jacent.

Pour M. Depaul elle jouerait un rôle de protection pour l'os.

Quoiqu'il en soit la couleur est plus claire vers la périphérie que dans le sens où elle est imbibée de matière colorante du sang. Valléix l'a vue tantôt blanche et filamenteuse, tantôt jaune, rougeâtre, adhérent à l'os par des filaments très fins, sauf au pourtour des canaux de Havers. Assez épaisse au milieu elle devenait mince du côté du péricrâne. Une fois l'os était couvert par une membrane fine, transparente, élastique, ressemblant à une très mince lame de cartilage. On voyait par transparence entre elle et l'os de grosses arborisations, violettes, tortueuses, irrégulières.

Cette membrane enlevée, il ne resta aucune trace de ces arborisations, seulement l'os était humide et rougeâtre.

Dans les premiers jours, la surface interne est lisse, rougeâtre et comparable à celle qui enveloppe les foyers sanguins du cerveau.

Épanchement. — Faisant abstraction de la quantité de sang épanché ; entre la simple ecchymose et l'épanchement en foyer, il existe quelques différences.

I. — S'il est vrai que le siége des ecchymoses est de préférence sur les pariétaux, le long de la suture sagittale et que jamais elles n'atteignent la bosse pariétale, il est certain aussi que rarement on les trouve limitées à cet os, et que les sutures comme dit très bien M. Féré, les interrompent mais ne les arrêtent pas, ce qui est très net dans l'observation que nous relaterons dans un instant.

Le péricrâne a une teinte rouge-foncé, et si on l'examine peu de temps après la naissance, il se trouve décollé, mais non dans une grande étendue, puisqu'il est adhérent à l'os par une multitude de tractus assez solides pour empêcher la formation d'une tumeur.

Lorsqu'on a l'occasion d'ouvrir une ecchymose sous-péricrânienne à la période de séparation et qu'on enlève le périoste, on ne trouve plus de sang, mais le tissu osseux ayant une couleur sombre, et si on le gratte ou si on enlève une lamelle osseuse, on voit dessous une couche de tissu gélatiniforme, rosé ou rouge, qui sépare cette lamelle de l'os ancien parfaitement saine à la simple vue.

Si à l'état frais on pratique les coupes sur un os ecchymosé, en ayant soin de dépasser les limites de la tumeur, tant que le sang n'a pas disparu, on trouve l'os épaissi et rouge, mais ces canaux ne paraissent pas élargis. Si l'on fait la coupe à une période plus avancée, le sang a disparu et on voit la lamelle sous-périostique, et l'os ayant la même couleur et ne présentant aucune différence avec les parties voisines qui n'ont pas été lésées.

Mais si à la place d'une ecchymose, nous prenons un céphalématome à la période de séparation, on trouve sous le périoste la couche ossiforme, qui contient des noyaux osseux et qui recouvre le caillot sanguin ; en dessous l'os paraît poreux, gorgé de sang ; tandis qu'à la circonférence de la lésion il est épaissi, on le trouve aminci au centre.

Nous avons été témoin du cas suivant où l'on voit un bel exemple d'ecchmose. L'observation a été recueillie par M. Irigoyen à Bordeaux ; nous avons décrit les lésions que présentait le fœtus.

OBSERVATION.

Tétanos utérin. — Incisions sur le col, application de forceps. — Enfant mort avec bosse séro-sanguine et ecchymose sous-périostique.

Marie M..., primipare, 20 ans, entre à la Clinique d'accouchement de l'hôpital Saint-André, le 12 janvier 1883.

Le travail est commencé depuis la veille, 11 janvier. La malade avoue n'avoir rien absorbé qui ait pu donner aux contractions utérines le caractère qu'elles présentent.

Ces contractions ont été au début espacées de dix minutes environ : le second jour, 12 janvier, elles sont devenues continues, quand j'examine la femme à la visite du soir, je constate que l'utérus est en état de contraction tonique permanente. Le palper est douloureux et difficile.

L'enfant vivant est en O. I. G. A.

Le toucher montre que le col est absolument dur, de consistance ligneuse, presque entièrement effacé ; la dilatation est égale au diamètre d'une pièce de cinq francs. On sent au toucher la saillie à travers le col d'une bosse séro-sanguine.

Après des incisions pratiquées sur le col par M. Moussous, et l'application du forceps, l'enfant est retiré mort.

Examen de l'enfant. — Il est du sexe masculin, pèse 3000 grammes, la tête est très allongée, en pain de sucre. Au sommet du cône qu'elle forme, correspondant à l'angle postérieur des pariétaux existe une bosse sanguine de l'étendue d'une pièce de cinq francs, épaisse de un centimètre et demi. A l'ouverture on trouve le cuir chevelu et l'espace sous-jacent étant le siège d'une infiltration sanguine très-intense. La peau et l'aponévrose enlevées, une ecchymose sous-péri crânienne s'offre à la vue. Les deux tiers postérieurs des pariétaux, du côte de la suture sagittale, et la pointe de l'occipital sont le siège d'une infiltration sanguine qui leur communique une couleur noirâtre. Cette ecchymose a la forme d'un ovoïde à grand diamètre antéro-postérieur qui mesure six centimètres et se prolonge à un centimètre sur l'occipital, en comprenant dans son étendue la suture sagittale et les deux branches de la lambdoïdienne. Elle est inclinée du côté droit de manière qu'elle est plus près de la bosse pariétale droite que de la gauche. Les os sont infiltrés de sang dans toute leur épaisseur, ainsi que la dure-mère et la substance cérébrale qui l'avoisinait.

L'examen histologique n'a pas été pratiqué.

II. — Si le sang s'épanche en quantité suffisante pour former un céphalématome, cette quantité est très variable depuis deux grammes (Seux), jusqu'à deux cent quarante (Valleix).

Pendant les premiers jours, le sang est rouge comme artériel et très liquide ; plus tard il devient épais et noir ; ensuite il se coagule ; enfin lorsque la résorption est avancée, on ne trouve plus qu'une masse gélatineuse ou gélatino-fibreuse entourée par la membrane accidentelle. Il subit, d'après Burchard, Valleix, Pajot et tous les auteurs qui ont pu l'observer, les changements communs à toutes les tumeurs sanguines. Si l'inflammation vient s'emparer de la poche, on trouve du pus mêlé au sang dans une plus ou moins grande quantité.

Bourrelet osseux. — Nom donné par Valleix au cercle osseux, qui entoure la tumeur. Son existence a été très discutée et en parlant de la membrane accidentelle, nous avons dit pourquoi Michaelis et Palletta crurent qu'il était dû à la disparition de la table externe de l'os. Nœgele et Zeller songèrent à une dépression de l'os. Pigné, à son arrêt de développement. Valleix le compare aux ostéophytes. Nélaton le considère comme une concrétion due à la transformation du sang. On paraît d'accord aujourd'hui pour le considérer comme une production périostique et les expériences d'Ollier faites sur le péricrâne de la tête d'un lapin, sont on ne peut plus concluantes. Il y a, selon nous, plus que de la néoformation osseuse ; en effet, le bourrelet est déjà formé que le centre du périoste reste encore lisse et poli. A notre avis, la coagulation du sang qui commence par la périphérie doit y avoir sa part de formation. A l'appui de notre assertion, nous reproduisons les lignes de la thèse de M. Bonhomme de Strasbourg, 1870, sur le résultat de l'examen microscopique du bourrelet. « Examinant ensuite la couche concrète qui constitue le bourrelet, nous y trouvons des corpuscules sanguins en voie de régression, c'est-à-dire déformés, ponctués. Quelques-uns sont intacts et se présentent sous la forme discoïde » et ensuite : « Nous distinguons encore un certain nombre d'éléments, qui présentent le caractère des leucocytes. »

Passons à sa description. Après avoir enlevé le sang et détaché le périoste et constaté l'état de l'os qui forme le fond de la tumeur, on trouve dans tout son pourtour une éminence qui, le plus souvent lui forme un cercle complet. Elle présente trois faces à examiner ; l'externe en relation avec le périoste et lui adhérant, va se confondre insensiblement avec le pariétal ; l'interne en rapport avec l'épanchement sanguin, taillée à pic et perpendiculaire à l'os ; une troisième, inférieure en contact avec le pariétal, mais facilement séparable de lui. Si on fait une coupe perpendiculaire à l'os, la section qui en résulte présente la forme d'un triangle, avec la base touchant le pariétal. La largeur de cette base est de quatre à six millimètres et sa hauteur variable de un à quatre millimètres.

Burchard affirme que le bourrelet est habituellement plus saillant du côté de la suture sagittale. Valleix n'est pas de son opinion et croit que la plus grande hauteur correspond à la basse pariétale, Seux se range à l'avis du premier de ces auteurs.

Pour Burchard et Becker la saillie du bourrelet serait en raison directe du volume de la tumeur. Valleix, sans affirmer le contraire, n'accorde pas une grande valeur à cette assertion.

Dans les cinq autopsies qu'il a faites, « trois fois, il l'a trouvée formé d'une substance friable, composée elle-même d'un grand nombre de corpuscules osseux d'un blanc mat et recouverte d'une couche très mince de substance compacte. On voyait dans les interstices que laissaient entre eux ces petites graines, un liquide légèrement rougeâtre, qu'on pouvait facilement faire sortir par la pression. » Dans un cas il était rayonné comme le reste de l'os, la consistance est presque toujours osseuse.

État de l'os. — Plusieurs auteurs ont cru trouver l'os aminci au niveau de la tumeur ; d'autres assurent que l'amincissement n'est qu'apparent et qu'on s'est mépris en le voyant à côté du bourrelet. Valleix sur les cinq autopsies qu'il a faites à des époques plus ou moins rapprochées du début de la tumeur, à toujours rencontré la face externe du pariétal rayonnée et ayant conservé son aspect naturel. Burchard se attache à l'opinion de Michaelis. Il cite neuf nécropsies qui ne nous paraissent pas prouver ses affirmations.

Il n'y est question que de granulations, rugosités, plaques et diverses productions osseuses. La substance osseuse était poreuse et même perforée ; les canalicules médullaires dilatés, de nombreuses fibrilles gonflées avec différents points d'ossification partant de la périphérie et se dirigeant vers le centre ; enfin des aspérités de l'os.

Comme on le voit nous sommes loin de la carie, et bien au contraire, en pleine ostéite raréfiante.

DIAGNOSTIC

Il suffit d'avoir vu un céphalæmatome et d'avoir été témoin de l'inquiétude, de la frayeur, pourrions-nous dire, dont sont victimes les parents, en présence d'une pareille difformité, pour comprendre combien il est important pour le médecin de faire un diagnostic, immédiat, exempt de tout doute ; et leur donner la certitude, non-seulement de ce que leur enfant n'est pas un monstre, mais de l'inocuité absolue de cette maladie. La tâche est en général facile. Les maladies qui pourraient être confondues avec le céphalæmatome, sont en premier lieu, l'encéphalocèle, la bosse séro-sanguine, les tumeurs fongueuses de la dure-mère, les épanchements sanguins sous-cutanés et sous-aponévrotiques, les abcès; viennent ensuite les tumeurs érectiles ; les tumeurs enkystées, enfin il arrive quelquefois que soit la bosse séro-sanguine, soit les autres épanchements peuvent exister conjointement avec le céphalæmatome.

I. — L'encéphalocèle et le céphalæmatome ont plusieurs caractères communs, tous deux s'observent immédiatement, ou peu après la naissance, tous deux font une tumeur assez volumineuse, sans altération de la peau, molles et élastiques, elles ont l'anneau osseux de commun. Voilà pourquoi cette erreur a été si souvent commise et que le céphalæmatome a servi à la plupart des anciens auteurs pour décrire l'encéphalocèle.

Nous reproduisons le tableau de M. Hubert pour faire le diagnostic entre les deux affections et la bosse séro-sanguine ou *caput succedanum* des Allemands, en nous réservant d'insister ensuite sur quelques détails qui sont omis.

Céphalæmatome sous-péricrânien.	*Caput succedaneum*	*Encéphalocèle.*
1° La tumeur n'apparaît qu'après l'accouchement, et reste quelques jours stationnaire pour se dissiper après quelques semaines ;	1° Elle est surtout apparente au moment de l'accouchement et se dissipe en quelques heures, douze ou vingt-quatre au plus;	1° Elle est évidente au moment de la naissance, si son volume varie ensuite, c'est pour augmenter ;
2° Elle siège toujours sur un os, le plus souvent sur un pariétal sans jamais dépasser ni même atteindre les limites;	2° Elle s'étend le plus souvent d'un os à l'autre, et recouvrant la suture qui les sépare;	2° Elle correspond à une suture ou à une fontanelle;
3° Elle est nettement circonscrite par un rebord osseux, et repose sur un fond dur;	3° Elle se perd insensiblement dans le cuir chevelu environnant;	3° Elle sort d'une véritable ouverture, qui la limite, et l'embrasse à sa sortie du crâne ;
4° La peau qui la recouvre n'offre aucun changement de couleur;	4° Le cuir chevelu est d'une teinte violacée;	4° La peau conserve sa couleur ;
5° La tumeur plus ou moins bombée et fluctuante, se laisse aisément déprimer sous la pression, et reprend sa forme immédiatement.	5° La tumeur convexe et plus ou moins saillante, se laisse aussi déprimer, mais conserve quelque temps l'empreinte du doigt.	5° La tumeur marronnée et plus ou moins volumineuse, est le siège de soulèvements et d'abaissements alternatifs. La compression donne lieu à des phénomènes cérébraux.

En appliquant la main snr l'encéphalocèle, on sent deux sortes de battements, les uns isochrones avec le pouls ; les autres d'élévation et d'abaissement dus aux mouvements respiratoires. L'encéphalocèle augmente de volume par les cris, les efforts et la toux de l'enfant.

La fluctuation peut exister dans l'encéphalocèle, si du liquide céphalo-rachidien est contenu dans la tumeur, tandis que dans le céphalæmatome, elle peut être obscure, si la tension est très forte.

Dans l'encéphalocèle, si on tâche de réduire la tumeur, elle obéit et des signes de compression se manifestent, tels que somnolence, coma, résolution des membres, vomissements, expulsion des matières fécales. Ces phénomènes disparaissent si on cesse la compression, en même temps qu'on voit la hernie reprendre son volume.

Cependant, d'après Valleix, Velpeau aurait trouvé plusieurs cas de hernie cérébrale siégeant sur les pariétaux, et comme la tumeur sanguine peut communiquer avec une autre intra-crânienne et donner lieu aux mêmes phénomènes de compression, il résulterait une grande perplexité pour le médecin. D'après Gœlis ils pourraient même se produire sans aucune communication si la minceur des os était très grande.

Voici les signes qui aideront à les différencier :

Dans la hernie cérébrale, le bourrelet existe dès le premier jour, il est au niveau du pariétal et ne forme pas la saillie de celui du céphalæmatome, il peut présenter des fissures. En pressant au-delà du bourrelet, on ne trouve pas le pariétal au fond de la tumeur, mais un véritable creux, tandis que dans le céphalæmatome le bourrelet apparaît lentement et augmente pendant quelques jours. Celui-ci est indolore et tend à la guérison, tandis que dans la hernie il n'y a pas de tendance à la diminution et l'enfant succombe presque fatalement.

Les *fongus* de la dure-mère donnent lieu aux mêmes symptômes que l'encéphalocèle ; nous n'y reviendrons donc pas.

Abcès. — Valleix le premier a signalé cette cause possible d'erreur. Il fit l'autopsie d'un enfant portant une tumeur à la tête, qui avait été prise pour un céphalæmatome. Il la décrit comme suit : « La tumeur située au-dessus de la bosse pariétale gauche, était molle, fluctuante, irrégulièrement arrondie, sans changement de couleur à la peau, autour de laquelle on sentait très nettement un bourrelet saillant, d'une ligne environ de hauteur, peu étendu en largeur et offrant à la pression une assez forte résistance. » L'ouverture de la tumeur donna issue à du pus et ce qui avait été pris par un bourrelet n'était que le tissu cellulaire sous-aponévrotique formant un cordon circulaire, tuméfié, rouge, induré. Si l'abcès est placé au centre du pariétal, la confusion est très facile, fluctuation, bourrelet, table de l'os sentie au fond de la tumeur ; l'illusion peut être complète ; mais la marche de la tumeur et la différence de consistance du bourrelet qui n'est pas tout à fait osseuse dans l'abcès, pourront les faire distinguer.

Enfin, il peut y avoir des cas où il sera permis de ne pas se prononcer jusqu'à ce que la marche vienne relever les doutes.

Tumeur érectile. — Très difficile à confondre, pour peu qu'on y mette d'attention ; dans la tumeur érectile, la peau est rouge, ou violacée, la surface parsemée de nombreux capillaires ; elle est molle, spongieuse, non fluctuante ; les cris de l'enfant augmentent sa coloration et sa tension. La compression la fait s'affaisser et disparaître lentement ; si on la cesse, son volume reprend en augmentant par saccades isochrones avec le pouls.

Il faudrait une grande inattention pour le confondre avec une tumeur enkystée. Outre leur rareté à cet âge, elles sont plus petites et pédiculées, mobiles et sans bourrelet.

Nous ne ferons que mentionner un cas d'hydrocéphale avec perforation du pariétal gauche. Les autres signes d'hydrocéphalie étaient évidents.

Les tumeurs sanguines sous-cutanées et sous-aponévrotiques sont un effet du travail dans presque tous les cas. Elles ne sont pas aussi bien circonscrites, la couleur des téguments est altérée, et siègent souvent sur les sutures. Il est rare qu'elles présentent un rebord saillant, et si par hasard il existait, on le ferait disparaître en pressant fortement sur lui pour expulser le sang infiltré.

Dubois a signalé et très bien décrit la coexistance possible d'un céphalæmatome et d'une de ces tumeurs sanguines, la collection sous-épicrânienne. M. Lefour de Bordeaux a publié une observation très détaillée, de cette coïncidence ; nous lui empruntons le passage qui suit et qui est relatif au diagnostic (1).

« L'illusion était d'autant plus complète, que la peau qui recouvrait les deux tumeurs ne présentait aucun changement de coloration, passait de l'une à l'autre

1. Lefour. Un cas de céphalæmatome double avec épanchement sanguin sous-épicrânien. Bordeaux, 1881.

sans offrir le moindre petit sillon qui pût faire soupçonner leur indépendance : la connexité de la masse totale était absolument uniforme. »

« Dès que mon attention fut éveillée par ce fait que la bosse pariétale était intéressée, je n'eus aucune peine à faire un diagnostic complet. Je recherchai en un point de la limite postérieure de la tumeur, le bourrelet osseux caractéristique du céphalæmatome et je le parcourus dans toute son étendue. Je fus ainsi conduit, non pas en avant de la bosse pariétale où était la limite postérieure de la masse totale, mais en arrière de cette bosse, suivant une ligne courbe, concave en avant. Cette exploration me fournit un autre renseignement, c'est que la tumeur la plus volumineuse était la plus dépressible, car elle me permettait de suivre le bourrelet osseux qui masquait la séparation des deux tumeurs. La tumeur développée sur la bosse pariétale, extrêmement souple, n'était pas nettement fluctuante et ne présentait pas la moindre trace de bourrelet osseux à sa base. Enfin, plaçant un doigt sur cette dernière tumeur et déprimant brusquement la première avec quelques doigts de l'autre main, il me fut impossible d'obtenir la moindre sensation qui permît de songer à une communication entre les deux tumeurs.

Il était dès lors bien établi pour moi que j'avais affaire à deux tumeurs parfaitement distinctes, et que la plus volumineuse était un céphalæmatome. »

PRONOSTIC

Considéré comme très grave par des anciens auteurs, Burch et Schmeisser disent qu'il retarde le développement des enfants, lesquels finissent par mourir dans les convulsions.

M. Pajot lui croit une certaine gravité en raison de la lenteur de la résorption.

Depuis Seux, tous les auteurs le considèrent comme très innocent ; pourvu qu'on ne se hâte pas d'intervenir.

Sont de cet avis, MM. Bouchut, Depaul, Tarnier, Bouchacourt, etc.

TRAITEMENT

La tendance naturelle que le céphalæmatome a vers la guérison ne fut pas connue des anciens médecins, qui s'appliquèrent à le guérir par une foule de moyens, que nous allons exposer.

Résolutifs. — Prônés pas Chélius, employés par Dubois et beaucoup d'autres, leur efficacité fut vivement contestée par Klein, Michælis, Carus, Osiander, Nœgele, etc.

Depuis l'eau froide dont nous blâmons l'usage et qui étant parfaitement inutile, ne peut que provoquer des complications, jusqu'à l'eau vinaigrée, composés de plomb, tannin, camphre, pommade mercurielle, iodure de potassium, tous ont été employés. Il est plus que douteux que la marche de la maladie ait été influencée par aucun de ces moyens.

Emollients. — Dans le but de provoquer la suppuration de la tumeur on applique des cataplasmes, etc.

La suppuration de la tumeur étant une terminaison fâcheuse, on doit se garder de mettre en usage les émollients à moins que, spontanément la tumeur n'ait suppuré.

Caustiques. — Gœlis paraît être l'unique qui ait eu recours à ce moyen, et lui-même avoue lui devoir la mort de deux enfants.

Séton. — Palletta s'en servait dans le but de modifier la lésion de l'os. Abandonné comme les caustiques.

Incision. — L'incision immédiate est conseillée dans

tous les cas par Michaelis et avec plus ou moins de restrictions par Nœgele, Hœre, Burchard.

A en croire Zeller, on devait en abuser d'une manière fâcheuse. Voici la manière dont cet auteur blâme cette conduite : « Cæterum inepti tantum ostentatores incisionem « tumorum sanguineorum rem magni faciunt et extellunt, « quo sibi apud stultos et ignaros gloriolam aliquam com- « parent. Ridet ejusmodi nugas medicus quisque peritior. « Crassisimæ autem ignorantiæ documentum prebet, qui « nostra ætate incisionem tumorum illorum novam plane « et inauditam autem predicat, ejusque inventæ gloriam « sibi vindicare audet ». Cet auteur ne la pratiquait, à l'exemple de Nœgele, que vers le dixième jour, lorsque la tumeur volumineuse n'avait aucune tendance à la résolution. Valleix suivait la même conduite. M. Bouchut et Depaul pratiquent l'incision dans les mêmes circonstances.

Plusieurs méthodes ont été mises en usage. Klein et Carus pratiquaient l'incision au moyen d'une lancette et exprimaient ensuite le contenu. Michaelis, Osiander, Siebold faisaient une incision longitudinale assez étendue pour que tout le sang sortît à la fois. Levret pratiquait l'incision cruciale. Le Dr Prunac (de Meze) fit, dans un cas, la ponction avec un trocart très fin muni d'une baudruche, afin d'empêcher l'introduction de l'air. Barrallier (de Toulon) et Isnard (de Gemenos) se servirent à cet effet d'un trocart explorateur. Giraldès conseillait les ponctions répétées avec des épingles. Les auteurs qui emploient aujourd'hui l'incision, se servent d'un trocart de petit calibre, plus rarement d'une lancette, et tous ont soin ensuite de faire l'occlusion de la plaie afin d'éviter le contact de l'air.

Si l'incision ou la ponction pratiquée tardivement, au moment où les vaisseaux capillaires qui ont fourni le sang se sont refermés, ne peut que présenter des avantages dans les cas aussi où la résolution se fait trop attendre, ou s'il y a menace de suppuration, il n'en est pas de même si on la fait de bonne heure ; l'hémorrhagie se reproduit presque constamment, très légère, c'est vrai, mais parfois assez grave. Smellie, Valleix, rapportent des exemples de mort de l'enfant à la suite de cette opération, et le Dr Rieux en communiqua une à la Société anatomique, où elle se reproduisit trois fois après trois incisions successives.

Pigné rapporte deux observations, où la tumeur communiquait avec les sinus veineux intra-crâniens.

Dans l'une d'elles, due à Hintz, son ouverture produisit la mort de l'enfant. C'est cependant malgré ce revers la conduite conseillée par M. Pajot, de même que si elle communiquait avec un autre épanchement interne.

« On risquerait, ajoute-il, sans doute de voir se produire l'hémorrhagie dont il a été parlé, mais l'enfant n'ayant aucune chance de survivre dans l'état où nous le supposons, (avec compression cérébrale) la question de l'incision immédiate pourrait, je crois, être posée. »

L'érisipèle, auquel les enfants sont si disposés, est aussi une complication qui peut survenir après l'incision.

Enfin, si on néglige de faire l'oclusion, l'air pourra pénétrer et conduire le foyer à la suppuration. Mais il n'en sera pas de même, si une fois l'incision faite on la combine avec la méthode suivante.

Compression. — Quelques médecins l'ont employée depuis longtemps, mais sans retirer aucun avantage, à cause des moyens insuffisants dont ils se servaient, compresses d'agaric, plaques d'étain placées sous un bonnet, boules d'ouate, etc.

Trousseau conseilla un appareil fait avec des bandelettes de diachylon, très compliqué et que personne ne songe à appliquer aujourd'hui.

Le professeur Dumas de Montpellier, imagina un moyen compressif très simple, le collodion. Voici le résumé du *modus faciendi* très bien exposé dans la thèse de son élève M. Grynfeldt. Après une ponction préalable dans les cas de tumeur très volumineuse et datant de plusieurs jours, où sans aucun préliminaire dans les cas récents, on étend une bonne couche de collodion pur sur toute la surface de la tumeur, en dépassant son pourtour de 1 ou 2 centimètres. En se desséchant, le collodion exerce une compression modérée et régulière sur la masse entière du céphalæmatome. Le lendemain et les jours suivants, nouvelle application de collodion sur les couches précédentes. Bientôt la tumeur décroît, et sa diminution la sépare de la calotte de collodion qui la recouvre. Il est alors facile de détacher, au moyen de pince, ou de ciseaux, cette lame de collodion desséchée. On la remplace par un nouveau badigeonnage, et l'on renouvelle le pansement quotidien jusqu'à disparition complète de la tumeur, ce qui arrive en général avant le quinzième jour.

Les nouveaux-nés supportent paisiblement les applications, malgré l'impression pénible de froid et l'action légèrement irritante du liquide employé. A peine quelques cris facilement calmés par le sein maternel, rendent compte de ce malaise passager.

Le plus grand inconvénient de ce traitement est la chute temporaire des cheveux sur le point badigeonné. Il nous semble qu'on pourrait encore l'éviter en ayant soin de les raser préalablement.

Cette méthode ingénieuse permet : 1° D'exercer sur le céphalæmatome une compression modérée, complète, régulière et graduée, sans qu'il en résulte aucun malaise sérieux pour l'enfant, ni aucune dépression sur les os si flexibles du crâne ; 2° D'obtenir une guérison qui, dans les cas les plus graves, n'a pas dépassé quinze jours.

Incision et compression combinées.

Deux méthodes qui, réunies dans les cas où on jugera la compression seule insuffisante, peuvent rendre de réels services. Le Dr Lefour les a conseillées dans les cas de tumeurs volumineuses, il dit : « il s'agissait d'une tumeur très volumineuse, menaçant de se rompre. C'est pour cette catégorie de faits que je réserve la ponction suivie de la compression, abandonnant à la nature le céphalæmatome de petit volume ; j'ajoute, que le cas échéant, c'est le collodion que j'emploierai comme agent compressif. »

Expectation. — Erigée en véritable méthode par Seux. Cet auteur, non satisfait du résultat obtenu par les médecins qui avaient intervenu, guidé par ce fait, que la résorption du sang se fait complètement dans les larges ecchymoses du crâne à l'aide de moyens insignifiants, voyant d'autre part le travail de séparation qui se fait autour du foyer du céphalæmatome et qu'il trouva si bien décrit dans Valleix, pensa que ce travail ne devait pas être contrarié, et résolut d'abandonner la guérison des tumeurs à la force de la nature. Il essaya sur dix-neuf enfants atteints de céphalæmatome, qui se présentèrent à son observation ; dix-huit guérirent dans des termes variant de douze jours à deux mois ; le dix-neuvième qui était en très bonne voie, mourut d'un muguet confluant avec entérite. Le succès vint donc confirmer ses pressentiments. Les faits se sont multipliés depuis, et le résultat des observations de Seux a été confirmé par tous ceux qui ont voulu essayer cette méthode.

Nous-même avons été témoin dans notre pratique d'un énorme céphalæmatome du pariétal droit chez un enfant mâle, qui guérit après l'expectation la plus absolue.

C'est tout ce que notre mémoire nous rappelle de ce cas, que nous vîmes dans notre pratique, il y a quatre ans, mais dont nous avons oublié les autres détails, et que nous regrettons de ne pas pouvoir publier.

M. Seux conclut de ses essais. « L'expectation étant une méthode certaine dans ses résultats et sans danger ; les autres méthodes étant incertaines ou dangereuses, est-il possible d'hésiter ? Non, sans doute, l'expectation doit être préférée. »

Le docteur Tarnier dit aussi : « En résumé l'expectoration aidée de quelques moyens résolutifs est le seul traitement exempt de tout danger, et celui qu'on doit conseiller dans tous les cas. »

Pour Simpson « il ne faut que du temps et de la patience. »

Mais cette méthode est accusée d'entraîner des lenteurs sans fin, et beaucoup de médecins, après plusieurs semaines de patience l'ont jugé insuffisante et ont été obligés d'intervenir.

Observation (personnelle)

Céphalæmatome sur l'occipital.

Louise Godiard, âgée de 30 ans, blanchisseuse, assez robuste, a souffert de rachitisme à l'âge de trois ans, sans qu'elle en ait conservé aucune trace ; la conformation de son bassin est normale ; a eu six enfants à terme, pour un seul, la durée du travail a été fort longue, de trois jours ; mais qui s'est terminé spontanément ; l'enfant à sa naissance portait une grosse tumeur du côté gauche de la tête et mourut quelques heures après.

Entrée au service de M. Budin, hôpital de la Charité, le 25 avril à sept heures du soir ; elle dit souffrir depuis neuf heures du matin. La dilatation est complète à huit heures du soir et la rupture spontanée des membranes se fait peu de moments après.

L'enfant se présente par le sommet en O. I. G. P., et la rotation se faisant naturellement, l'accouchement est terminé à huit heures et quart.

Examen de l'enfant. — Enfant du sexe féminin, faible, pesant 2,440 grammes, sa longueur totale est de 0m49 centimètres.

L'ossification est peu avancée, les fontanelles sont très larges et on note aux lèvres quelque taches de nœvus.

Diamètres de la tête	Occipito frontal	0m.	113
	Occipito-mentonier.	0	129
	Bi-parietal	0	090
	Bi-temporal	0	075
	Sous-occipito bregmatique	0	090

Le lendemain 26, la mère s'est aperçue que son enfant portait une grosseur à la partie postérieure de la tête, mais ce n'est que le mercredi 2 mai qu'elle l'a dit à la sage-femme.

Jeudi 3 mai. — Nous examinons l'enfant qui présente au niveau et au milieu de l'occipital une tumeur un peu plus grosse qu'un œuf de pigeon. Voici ses dimensions exactes : mesurée transversalement le compas d'épaisseur, que nous employons à cet effet, nous donne une longueur de 5 centimètres.

La largeur prise dans la direction de la pointe de l'occipital au milieu du cou nous donne 4 centimètres.

La circonférence totale est de 15 centimètres ; son élévation est deux centimètres et demi environ.

Les limites sont : en haut, à un centimètre et demi de la pointe de l'occipital ; sur les côtés, elle atteint les deux branches de la suture lambdoïdienne ; en bas, à quelques millimètres de la racine du cou.

Son maximum d'élévation correspond à peu près au milieu de l'occipital.

La peau couverte de longs cheveux, conserve sa couleur et sa température normales. La tumeur n'est pas très tendue, a une consistance mollasse et est le siège d'une fluctuation manifeste. Les explorations dont il est l'objet ne font pas pleurer l'enfant.

En pressant la tumeur dans tous les sens, comme si nous voulions la réduire, nous ne parvenons pas à la faire diminuer ; on ne perçoit pas de battements. Les limites se confondent avec les téguments voisins.

En suivant avec le doigt la circonférence de la tumeur, on s'aperçoit qu'elle est entourée d'un cercle ou bourrelet de consistance osseuse large, d'environ 5 millimètres, pas très haut, plus prononcé à gauche qu'à droite. Dans cette partie et tout à fait en dehors il paraît manquer dans une petite étendue. En suivant le bourrelet de dehors en dedans et pressant avec un peu d'insistance, on sent que le fond de la tumeur est formée par une partie résistante, sans doute l'occipital.

Lundi 14 mai. — La mère ayant voulu le lendemain de notre examen quitter l'hôpital, je ne revois l'enfant que le 14 mai. La tumeur a légèrement diminué, et sa tension est plus forte. La fluctuation est encore très évidente. Le bourrelet osseux paraît complètement formé, large d'environ 6 ou 7 millimètres et haut de cinq. La consistance est plus forte que celle du premier jour, elle est tout-à-fait osseuse. Il s'est légèrement éloigné des branches de la suture lambdoïdienne, surtout du côté gauche, car du côté droit, il manque dans un tout petit segment de cercle; en suivant cette échancrure on arrive à sentir l'occipital, tandis que dans le reste de la circonférence de la tumeur, sa forte tension et la grande hauteur du bourrelet empêchent la réussite de cette exploration. La plus grande hauteur du bourrelet correspond à la partie inférieure de la tumeur.

On ne perçoit pas de sensation parcheminée, mais on a conscience d'un épaississement de la voûte de la tumeur.

L'enfant se porte bien et ne paraît nullement incommodé par la maladie.

Vendredi 18. — La tumeur n'a pas sensiblement diminué. Pas de sensation parcheminée.

L'enfant est envoyé en nourrice et l'observation ne peut être continuée.

CONCLUSIONS

Après l'étude analytique que nous avons faite des différents phénomènes qui président à la formation du céphalæmatome et accompagnent son développement, nous nous croyons autorisé à en tirer les conclusions suivantes :

1° Il existe dans la structure des os du crâne, et en particulier dans les pariétaux, une disposition et des anomalies, qui semblent les disposer très efficacement, à la formation d'épanchements sanguins ;

2° Le travail de l'accouchement et ses difficultés est la meilleure cause pour déterminer cet épanchement ; mais il ne saurait être à lui seul un élément nécessaire à sa formation ;

3° Le céphalæmatome a une tendance vers la guérison que le médecin doit respecter dans la généralité des cas ;

4° La compression paraissant imprimer à la tumeur une marche plus rapide et ne pouvant pas amener des complications pourrait être appliquée comme méthode générale pour les tumeurs qui dépassent le volume d'un œuf de pigeon.

L'incision suivie de compression serait réservée pour les cas où les tumeurs étant beaucoup trop volumineuses, n'ont aucune tendance à se résoudre, et aussi pour celles qui sont menacées de suppuration.

Il en est de même pour ces tumeurs doubles interne et

externe qui déterminent des phénomènes de compression cérébrale ;

5° Si l'on se décide à intervenir, il serait prudent d'attendre quelques jours après le début de la maladie pour diminuer les chances d'une hémorrhagie.

INDEX BIBLIOGRAPHIQUE

Valentin. — Ephem. nat. cur., dec. II. Ann. II, 1683, obs. 162.

Ledran (H.-J.). — Observ. de chirurg. Paris, 1731, tome I, obs. I.

Corvin. — Diss. de hernia cerebri, 1749, § 3.

Michaelis. — Ueber eine eigene Art von Blutgerchwulsten. Journal de Loder, tome 2, 4e cahier. Jena, 1799, pages 657-670.

Michaelis. — Journal de med. prat. de Hufeland, tome XVIII. 2e cahier. Berlin, 1804, p. 80-85.

Nœgele. — Faits recueillis à la maison d'accouchements d'Heidelberg. — Journal de Paltrbourg, 1819, tome IV, p. 150-160.

Nœgele. — Sur l'encéphalocèle congénitale et les tumeurs sanguines. Journal complémentaire du Dictionnaire des Sciences médicales, tome XIII. Septembre 1822.

Schmitt. — Journal méd. chirurg. de Faltbourg, tome I, 1819, n° 21, pages 327-329.

Paltetta. — Exercitationes patologiæ. Milan, 1820, cap. 10, p. 123 et cap. 42, p. 194.

Zeller. — De cephalomatomate seu sanguineo cranii tumore recens nat. Heidelberg, 1822.

Hore. — De tumore cranii recens natorum, sanguineo et externo et interno. Berlin, 1824.

Brandau. — Diss. sistens echymomate capitis recens natorum, Marbourg, 1825.

Pigné. — Mémoires sur les céphalæmatomes ou tumeurs sanguines des enfants nouveau-nés. Journal universel et hebdomadaire, etc. Septembre 1833.

Schmeisser. — De cephalomatomate. Berlin, 1834.

Burchard. — De tumose cranii recens natorum. Traduit dans l'expérience. Paris, 1838.

Dubois. — Dictionnaire de méd. en 90 vol., tome VII, p. 88.

Valléix. — Du développement des os du crâne après la naissance. Bull. de la Soc. Anat., 1835, p. 41.

Valléix. — Clinique des maladies des enfants nouveau-nés. Paris, 1838.

Seux. — Recherches sur les maladies des enfants nouveau-nés. Paris, 1863.

Grynfeldt.— Traitement du céphalæmatome. Thèse. Montpellier.

Feré. — Revue mensuelle de méd. et chirurg. Février 1880.

Virchow. — Pathologie des tumeurs. Traduction d'Aronshon t. I. p. 132.

Bouchut. — Maladies des enfants.

Tarnier-Bouchacourt. — Articles des nouveaux dictionnaires.

Vogel. — Traité élémentaire des maladies de l'enfance. Traduction de L. Calman et Ch. Sengel. Paris, 1872.

Imp. A. DERENNE, Mayenne. — Paris, boul. St-Michel, 52.

187

www.ingramcontent.com/pod-product-compliance
Lightning Source LLC
Chambersburg PA
CBHW070810260626
47161CB00006B/2227
* 9 7 8 2 0 1 3 7 1 9 7 8 0 *